El hada de la Pimienta y otros poemas

Vanesa Pérez-Sauquillo

Ilustraciones de Emilio Urberuaga

loqueleo

A mis hermanos, Marcos y Carmen.
De todos los seres fantásticos,
mis favoritos.

El hada de la Pimienta
La aparición

Una noche de tormenta
se me ocurrió preguntar:
«Entre las hadas del mundo,
¿cuál es la más especial?

Porque hay hadas de las flores,
del palacio y del pajar,
de los lagos, de los bosques,
los colores, el hogar…

Pero ¿cuál de todas ellas
es la más particular?».
Entonces sonó un gran trueno
y se hizo la oscuridad.

Temblando como una hoja
logré tartamudear:
«¿El hada de Cenicienta
o la de Nunca Jamás?».

Mi hermano se abrazó a mí.

¡Pum, pam, pim! ¡Chas-chas-chas-chás!
Vino un picor de nariz
que nos hizo estornudar.

Después un tirón de orejas.
¡Pum, pam, pim! ¡Chas-chas-chas-chás!
Más de catorce estornudos
y otra vez vuelta a empezar.

«¡Basta!», grité. «¡Por favor!
¿Quién eres? ¿Y de qué cuento?».
Una vocecita aguda
dijo imitando mi acento:

«*¿El hada de Cenicienta*
o la de Nunca Jamás?
¡Menuda pregunta tonta!
¡Claro está, como la sal!

El hada más especial,
haga sol o haga tormenta,
sin duda alguna, aquí está:
¡el hada de la Pimienta!».

Los arreglos de papá

Si en nuestra casa aparece
una cosa estropeada,
viene mi padre, la arregla
¡y aquí no ha pasado nada!

Ayer arregló la tele.
Al menos, ya no está en llamas,
y con unas cuantas tizas
pintamos nuestros programas.

Desde que arregló los baños
nos sale luz de la ducha.
Dentro de la lavadora
ahora la radio se escucha.

Cuando mi hermano pequeño
rompió en pedazos su cuento,
papá se lo transformó
en bloques de pegamento.

Reconstruyendo un jarrón,
de pronto apareció un busto.
¡Y se puso a hablar en verso!
¡Aquello sí que fue un susto!

De un enchufe del salón
sale kétchup o mostaza.
La lámpara de mi cuarto
canta nanas y te abraza.

En casa estamos tranquilos.
Si se rompe alguna cosa,
viene mi padre y la arregla.
¡La vuelve maravillosa!

Una selva perfecta

Aunque alguno se sorprenda,
es importante saber
que en la sabana y la selva
no todo se puede hacer.

Por supuesto, para el tigre
no es de mala educación
devorar una gacela
sin ninguna compasión.

(¡Quién va a decirle a un león
que para comer mejor
corte la carne que cace
con cuchillo y tenedor!).

Sin embargo, ciertas cosas,
para algunos animales,
deben seguir unas normas
si quieren tener modales.

Por ejemplo, mamá hiena
nunca deja que sus crías
se rían con la boca llena.

Papá buitre se enfurece
si sus hijos la carroña
no mastican treinta veces.

«¡Cuidado al comer los huesos!
¡Que se os va a romper el pico
y ya no podréis dar besos!».

Insiste abuelo conejo:
«Para quedar de galante
y conservar el pellejo,

no olvides hacerme caso:
a todo animal con cuernos
hay que ceder siempre el paso.

Y al erizo o puercoespín
déjale todo el asiento
aunque sea muy chiquitín».

Exclama abuela lombriz:
«¡Te he dicho que no te metas
la colita en la nariz!».

«¡Y tú igual!», mamá serpiente
dice a su hija, distraída.
La pequeña cobra asiente.

Recomienda el elefante:
«Cuando haya que escupir agua,
mejor sin nadie delante».

El suricata estornuda
tapándose el hocicquito
con una pata peluda.

Si afinamos el oído,
veremos que son consejos
lo que parecían gruñidos.

«En la charca has de beber,
hipopotamito mío,
tu buen barro sin sorber».

«Vosotros, los chimpancés,
no os mordáis ya más las uñas,
¡y menos las de los pies!».

¡Cuánta buena educación!
Todos los bichos se tratan
con gran consideración.

Una vez, llegó un piloto
de avión y se sorprendió:
«¡Si hasta posan en las fotos!».

En sus viajes por el mundo
a lo largo, ancho y profundo,

no vio cosa semejante
ni fauna más elegante.

Ya no se quiso marchar.
¡Qué selva tan ejemplar!

El hada de la Pimienta
Colores y formas

El grano de la pimienta
puede ser, por su color,
blanco o negro cual tormenta,
verde o rosa, como flor.

El hada de la Pimienta
también tiene esos colores.
El pelo, que es verde menta,
no es de sus cosas peores,

aunque tan despeluchado
y tieso lo lleva siempre
que es un plumero asustado,
y quien diga que no, miente.

Sus mejillas son rosadas,
su piel es blanca cual pluma.
Su falda es negra, con vuelo,
como una noche en la Luna.

Es mansa como un león,

amable como una araña,
lenta como un tiburón,
cariñosa cual piraña.

Deliciosa como un ajo,
salada como un bombón,
suave como un estropajo
y dulce como un limón.

Si la miras de perfil,
se parece al perejil.

Por su falda, desde abajo,
pensarás: «Escarabajo».

Si la observas desde arriba,
creerás que es inofensiva.

Pero si la ves de frente...
¡más te vale ser valiente!

El hada de la Pimienta
La canción

¿Qué es eso oscuro en el cielo?
¿Es un pájaro? ¿Un avión?
¿Una nube de petardos?
¿Una bala de cañón?

(Todos cantamos, con la música
de la Cabalgata de las Valkirias*):*

¡Es la Pimienta!
¡Es la Pimienta!
¡Es la Pimienta!
¡Ay, qué picor!
(Nos rascamos la nariz).

Malos, malignos, malvados:
¡temblad, que os viene a buscar!
Y tú, si te portas mal...
¡corre que te va a pillar!

(Todos cantamos de nuevo con la música de la Cabalgata de las Valkirias*):*

¡Es la Pimienta!
¡Es la Pimienta!
¡Es la Pimienta!
¡A estornudar!
(Todos estornudamos).

Cabeza de ruiseñor

Hace muchos muchos años,
según contó el profesor,
había en Japón unos suelos
llamados «de ruiseñor».

Cuando entraba algún malvado
y pisaba su madera,
¡se ponía a cantar el suelo,
como si un pájaro fuera!

Yo tengo algo parecido,
pero en mi propia cabeza.
En cuanto siente un peligro,
a dar señales empieza:

la nariz se me congela,
me castañetean los dientes,
se me encienden las orejas,
me caen gotas por la frente,

se me acaba la saliva,
30 mis ojos se descolocan,
y hasta el corazón, de pronto,
se me sale por la boca.

Por eso, al dormir, mi hermano
me pone junto a la puerta,
y así, si ocurre algo raro,
mi cabeza lo despierta.

No me acaba de gustar
esto de ser pajarito,
pero mejor ruiseñor...
¡que cabeza de chorlito!

Las canciones de mi abuela
Poema cantable

Mientras los ingleses cantan
Twinkle, twinkle, little star...,
las canciones de mi abuela
son para echarse a temblar.

Duérmete, niño,
duérmete ya,
que viene el Coco
y te comerá...

¡Una desgracia tras otra
nos cuenta cada canción!
¡Y a mí, mientras ella canta,
se me encoge el corazón!

Ya se murió el burro
que acarreaba la Vinagre.
Ya se lo llevó Dios
de esta vida miserable.
Que turururururú,
que turururururú…

Pero ella ni pestañea,
sonríe, canta contenta,
sin omitir un detalle
de los horrores que cuenta.

Como ese pobre don Gato
que se cayó del tejado:

Se ha roto siete costillas,
el espinazo y el rabo
(marramiau, miau, miau, miau),
el espinazo y el rabo.

Ya lo llevan a enterrar
por la calle del pescado
(marramiau, miau, miau, miau),
por la calle del pescado…

Y cuánto dolor y pena,
porque se fue un tal Mambrú,
o aquella pobre muñeca
que iba vestida de azul…

La saqué a paseo,
se me constipó,
la tengo en la cama
con mucho dolor…

Lo gracioso es que a mi abuela
esto no le quita el sueño.
Se siente parte de un mundo
que es muy grande y muy pequeño.

Yo no sé qué es lo que tiene
ese mundo del que canta.
Pero sé que, aunque estremecen,
estas canciones me encantan.

El año en una semana

Los lunes, vuelta al colegio.
Haya nieve o vendaval.

Los martes nos disfrazamos.
¡Son martes de carnaval!

Miércoles, Semana Santa,
comienza ya a oler a flores.

Jueves, llega el Día del Libro.
¡Qué bien que somos lectores!

Viernes, ¡vamos a la playa!
¡Ya tengo la espalda roja!

El sábado vuelve el frío
y empiezan a caer las hojas.

El domingo ya no hay cole.
¡Alegría y felicidad!
¡Celebramos todos juntos
que viene la Navidad!

El hada de la Pimienta
La entrevista

Aunque tenga tan mal genio
que haga explotar las bombillas,
se sospecha que no es bruja
porque tiene alas y brilla.

Y porque no tiene pico
ni plumas, y canta mal,
parece que no es un ave
ni otro tipo de animal.

Pero yo, que quiero ser
de mayor un periodista,
quise resolver mis dudas
haciéndole una entrevista.

Conseguí localizarla.
La invité a tomar un té.
Y cuando llegó a mi casa,
muy formal, le pregunté:

«¿Su comida favorita?
¿Come bayas? ¿Come flores?
¿Come escamas de dragones?».
Me respondió: «Macarrones».

«¿Le gusta el cine, el teatro,
las nuevas tecnologías...?».
«Si le digo la verdad,
sobre todo, las poesías.

Y más, cuando hablan de mí
(no querrá usted que le mienta),
pues nunca ha existido un hada
¡como la de la Pimienta!».

LA ILIADA

Y cuando le pregunté:
«¿Suele usted hacer el bien?»,
me dijo: «Soy muy modesta.
No le puedo responder».

«¿Es verdad que salvó a un duende
que se perdió en un felpudo?
Dicen que paró una guerra
¡gracias a los estornudos!;

que protege a las especies
en peligro de extinción;
que aunque tenga mucho genio…
tiene usted buen corazón».

Ya no estaba cuando alcé
la vista de mis papeles,
pero de pronto escuché
con fondo de cascabeles:

«¡Los adultos están locos!
¡Me ponen de mal humor!
¡De los niños será el mundo
y lo cuidarán mejor!».

Con voz cortante añadió:
«¡Me voy, porque tengo prisa!».
Pero entre el polvo brillante
creí ver una sonrisa.

Las puertas de la noche

Cuando yo era muy pequeño,
(hace un mes y un mes y un mes)
no me gustaba estar solo
y odiaba el anochecer.

Pero entonces descubrí
que en la noche hay muchas puertas,
lucecitas que se abren
cuando otras puertas se cierran.

Por ejemplo, las estrellas
se ven cuando se va el Sol.
Y también brilla de noche
la baba del caracol.

Salen de sus madrigueras
mapaches, zorros, ratones.
Y le cantan a la Luna
los lobos y ruiseñores.

En casa se abren las camas
y el cajón de los pijamas.
Por el patio se oyen nanas
a través de las ventanas,
y se acerca el gran momento:
por el aire, por el viento,
llega volando algún cuento.

Ahora la noche me encanta.
Porque aunque me quedo solo,
y a oscuras, bajo la manta,
pasa algo muy especial:
para grandes y pequeños
se abre el mundo de los sueños.

¡Cuánto me gusta soñar!
¡Adiós! ¡Me voy a acostar!

El hada de la Pimienta
El secreto

¿Queréis que os cuente un secreto
antes de que me arrepienta?
Es un secreto importante
del hada de la Pimienta.

Ella no quería ser hada,
princesa ni bailarina.
Lo que quería la Pimienta
¡era tener oficina!

Poner sellos, poner grapas,
mandar un mensaje urgente,
subrayar, hacer llamadas,
reunirse con mucha gente...

Decir: «¡Estoy ocupada!»,
«¡La impresora está atascada!»,
y no: «Te cumplo un deseo»
con voz acaramelada.

Usar la calculadora,
tener un rotulador,
poner clips y dejar notas,
¡escribir a ordenador!

¡Esa vida sí era hermosa!
Y no volar, echar brillo,
ver todo color de rosa,
ser más dulce que un membrillo...

Pero tuvo que ser hada.
¿Qué hizo con su mal humor?
¡Pues perseguir a los malos
y provocarles picor!

Dice que cuando se enfada
¡se vuelve un hada mejor!

La gran suma

A veces me siento solo,
tonto, feo, pesimista.
Mis pies me parecen tristes
en cuanto bajo la vista.

Hasta que ayer me di cuenta
de que mi cuerpo se expande:
cuando pienso en mi familia
me vuelvo mucho más grande.

Si caminamos pegados,
como al darnos un abrazo,
tenemos catorce piernas
y también catorce brazos.

Y ciento cuarenta dedos,
casi mil quinientos huesos,
treinta millones de pelos
y varios kilos de sesos.

¡Menudo monstruo invencible!

Con mis metros de intestino
(al menos cuarenta y tres)
puedo escalar varios pinos
y columpiarme después.

Sumando las cualidades
de mi familia al completo,
de cariño, inteligencia
y bondad estoy repleto.

No tengo de qué quejarme.
Y si añado a los demás:
mis amigos, mis vecinos,
la gente de mi ciudad,

todos los que no conozco,
pero a los que puedo amar...,
soy grande como un planeta.
Soy inmenso, como el mar.

Canción de amor

Te quiero de aquí a la Luna,
te quiero de aquí hasta el Sol,
más que a un parque de atracciones,
más que a un viaje a Disney World.

En dondequiera que estemos
me haces sentir como en casa,
y cuando jugamos juntos
el tiempo volando pasa.

Al acordarme de ti,
vaya despacio o deprisa,
o incluso sentado en clase,
¡se me escapa una sonrisa!

Me inspiras todo lo bueno.
A tu lado, no hay problemas.
Por ti quiero ser mejor
¡y aprenderme este poema!

El hada de la Pimienta
El final feliz

El hada de la Pimienta
dejó de ser tan violenta
cuando entró en su corazón
¡el duende del Pimentón!

¡Qué pareja tan hermosa!
¡Discuten por cualquier cosa!

A ver quién es el primero
en rescatar a un bombero,

quién produce más picor
a un solemne dictador,

quién consigue hacer reír
a un hospital infantil,

quién llega antes a salvar
a un enorme oso polar,

o cierta razón de peso:
quién le da al otro más besos.

El hada de la Pimienta
y el duende del Pimentón
lo viven todo a lo grande
con lo pequeños que son.

Como en todo gran amor
se quieren con gran locura,
y saben que cada instante
es una gran aventura.

Aquí acaba este libro
escrito, ilustrado, diseñado, editado, impreso
por personas que aman los libros.
Aquí acaba este libro que tú has leído,
el libro que ya eres.